SOBREVIVÍ

EL BOMBARDEO DE
PEARL HARBOR, 1941

SOBREVIVÍ

LOS ATAQUES DE TIBURONES DE 1916

EL NAUFRAGIO DEL *TITANIC*, 1912

EL TERREMOTO DE SAN FRANCISCO, 1906

EL HURACÁN KATRINA, 2005

EL BOMBARDEO DE
PEARL HARBOR, 1941

SOBREVIVÍ

EL BOMBARDEO DE PEARL HARBOR, 1941

Lauren Tarshis
ilustrado por Scott Dawson

Scholastic Inc.

Originally published in English as *I Survived the Bombing of Pearl Harbor, 1941*

Translated by Abel Berriz

ISBN 978-1-338-71554-5

10 9 8 7 6 5 4 3 2 1   21 22 23 24 25

Printed in the U.S.A.   40
First Spanish printing, 2021
Designed by Tim Hall

A DYLAN

CAPÍTULO 1

7 DE DICIEMBRE DE 1941
8:05 A.M.
PEARL CITY, HAWÁI

¡Estados Unidos estaba siendo atacado!

Cientos de bombarderos volaban como un enjambre sobre Pearl Harbor, Hawái. Bajaban en picada descargando sus ametralladoras y lanzando bombas y torpedos.

Las explosiones desgarraban el cielo azul.

Pumba... Pumba... ¡PUMBA!

Los acorazados más imponentes de Estados Unidos ardían en llamas.

Una cortina de humo, negra y rojo sangre, rodeaba la bahía.

Danny Crane, de once años, se había mudado a Hawái apenas unas semanas antes. Su mamá lo había traído para evitar que se metiera en líos, alejándolo del crimen, las ratas sucias y las peligrosas calles de Nueva York. Sin embargo, nunca había estado tan aterrorizado como ahora que corría para ponerse a salvo.

Uno de los aviones atacantes había emergido de entre el humo y lo perseguía por una playa desierta. Corría a todo lo que le daban los pies, sin saber a dónde ir ni dónde esconderse. Miró hacia atrás y vio que el avión se le acercaba. Podía ver al piloto dentro de la cabina de mando, observándolo a través de sus gafas de aviador.

Ratatatatá.

Ratatatatá.

¡Sonaba la ametralladora!

Danny corrió aún más rápido. Sintió un dolor agudo en el pecho a medida que inhalaba el humo.

Ratatatatá.

Ratatatatá.

Entonces, le cayó arena en los ojos y escuchó tras él una explosión que pareció hacer añicos el mundo.

La onda expansiva lo alzó en el aire y lo lanzó unos metros más allá.

No pudo escuchar nada más.

CAPÍTULO 2

Danny Crane y su mamá estaban parados junto a la ventana de la cocina de su pequeñísima casa.

—Qué vista tan hermosa —dijo la mamá de Danny, pasándole un brazo por encima al chico—. No puedo creer que vivamos aquí. Es el lugar más hermoso del mundo.

La mujer tenía razón. La vista parecía salida de una postal, con las palmeras ondeando en la brisa, los arbustos llenos de flores rosadas y blancas y el mar que semejaba una brillante banda plateada en la distancia.

No obstante, Danny detestaba el paisaje. Deseaba regresar a Nueva York, donde podía contemplar, a través de la ventana de su antiguo apartamento, el revoltijo de edificios mugrientos, las gruesas columnas de humo que se elevaban en el aire, la basura de las calles y a Finn, su mejor amigo, saludándolo desde abajo en el callejón.

Su mamá había pensado que Hawái le brindaría la oportunidad de comenzar de nuevo; lo alejaría del peligro y los problemas, lejos de Earl Gasky y su pandilla. Era cierto que a veces Finn y él se habían metido en alguno que otro lío, pero ¡nada grave! Solo se fugaban de la escuela y se colaban en un cine, o se robaban una o dos manzanas del puesto de las frutas.

Claro, en esas ocasiones andaban con Earl y su

pandilla. Algunos en el barrio decían que Earl era un temible criminal, que no dudaría en romperle las piernas a nadie si uno lo miraba raro; pero otros decían que él y sus muchachos protegían las calles y cuidaban a las señoras mayores. Earl siempre había sido bueno con Finn y con él. Les pagaba un dólar diario para que le hicieran mandados y hasta los había enseñado a conducir.

A veces sentía miedo al andar solo con Finn por las calles, pero siempre se cuidaban el uno al otro. ¿Quién más iba a cuidar de ellos? Su papá se había largado cuando nació, mientras que su mamá había hecho todo lo que había podido por él, pero era imposible que lo cuidara si trabajaba todo el día. Llegaba a la casa agotada de sus turnos como enfermera en el hospital, le daba un beso y tomaba una siesta de diez minutos. Luego preparaba la cena y volvía a salir a la calle, a limpiar oficinas hasta la medianoche.

Los padres de Finn tenían otros cinco hijos y

vivían apiñados en un apartamento de dos habitaciones. Por eso, Finn y él andaban siempre juntos. Eran más que amigos, más que hermanos. Mientras se tuvieran el uno al otro, les parecía que nada malo podría sucederles; como, de hecho, nada les había sucedido hasta un día, dos meses atrás.

Incluso aquí, mirando las palmeras a través de la ventana, Danny no podía evitar pensar en aquello. Era como una película de horror proyectándose en su mente. Podía escuchar el chirrido del metal de la escalera de incendios al desprenderse del edificio. Podía escuchar el grito de Finn y el sonido que había hecho su cuerpo al golpear el pavimento. Podía ver a su amigo tirado allí en la acera, con la sangre manándole de la cabeza, mientras las luces de la ambulancia parpadeaban en la distancia.

También lo recordaba más tarde, en la cama del hospital, gimiendo de dolor.

Fue esa noche que su mamá decidió abandonar la ciudad.

—Es hora de que nos vayamos antes de que algo malo te pase a ti —le dijo.

Danny pensó que bromeaba cuando habló de mudarse a Hawái. ¿Acaso no era un lugar ficticio, como Shangri-La? Pero no, resultó que eran un puñado de islas que pertenecían a Estados Unidos. En una de ellas había una enorme base del ejército llamada Pearl Harbor, y necesitaban enfermeras en el hospital de la Base Hickam de la Fuerza Aérea. Querían que su mamá fuera para allá de inmediato.

Una semana más tarde, ambos se montaron en un tren hacia San Francisco, y desde allí tomaron un barco que cruzó el Pacífico hasta Oahu, una de las islas de Hawái. Su mamá no dejaba de repetir que necesitaban dejar Nueva York atrás.

—Vamos a comenzar de cero —decía.

Sin embargo, ¿cómo podía abandonar a Finn? No, no podía, no cuando su amigo lo necesitaba más que nunca. Además, había sido su culpa que se hubiera accidentado. Él había sido el de la idea de subir por la escalera de incendios para explorar el edificio abandonado de la calle 23. Finn no estaba de acuerdo, pero él le dijo que no fuera cobarde. Se encontraban a la altura del segundo piso cuando escucharon un chirrido horripilante y la escalera se desprendió. Mientras que él logró saltar al descanso, Finn se cayó a la acera y se estrelló contra el cemento.

Ahora se encontraba en otro continente y a un océano de distancia, pero tenía que regresar a Nueva York. Un barco llamado *Carmella* saldría de Honolulu al día siguiente rumbo a Estados Unidos. Su mamá no lo sabía, pero él iría a bordo de ese barco.

CAPÍTULO 3

La mujer se acomodó la cofia de enfermera y le dio a Danny un beso de despedida. El chico la escuchó suspirar al llegar a la puerta, y corrió enseguida a ver qué sucedía. Su mamá decía que no había crímenes en Pearl City, pero él vivía preocupado por que hubiese alguien al acecho junto a la puerta, esperando el momento oportuno para asaltarlos.

No obstante, no había nadie en el portal. Solo se veía una maceta de flores rosadas.

—¡Cielos! ¡Ese hombre no desiste!

Cada mañana, durante la semana anterior, la mamá de Danny había encontrado un presente en el portal. Los regalos se los enviaba el teniente Andrew Maciel, también conocido como Mack. Se trataba de un piloto de B-17 que trabajaba en la misma base que ella. Danny lo había visto un par de veces cuando acompañaba a su mamá a casa.

El teniente era oriundo de Nueva York, así que no podría ser tan malo, aunque procedía de una zona elegante de la ciudad llamada Sutton Place. Finn y él detestaban a los chicos ricos de Sutton Place por sus autos con chofer y su altanería. Esperaba que su mamá no estuviera aceptándole los galanteos a ese tipo.

La mujer olió las flores y sonrió antes de darle la maceta a su hijo. Volvió a besarlo y salió en dirección al trabajo. Danny la escuchó canturrear hasta que desapareció al doblar la esquina.

Llevó la maceta hasta el patiecito al fondo y se sentó en una de las sillas desvencijadas. Era agradable sentir el sol en el rostro y la brisa tibia del océano. Tal vez extrañaría algunos olores cuando regresara a Nueva York, olores dulzones como de piña y caña de azúcar, pero lo que sí no olvidaría sería el repicar de las campanas que a cada hora se escuchaba, proveniente de los acorazados anclados en Pearl Harbor.

La base naval se hallaba a cinco minutos de la casa. Debía de haber cientos de buques de guerra en el puerto con los cañones listos para disparar. Los mejores eran los ocho acorazados, que parecían enormes rascacielos acostados. Su mamá decía que los cañones de estos barcos eran tan potentes que podrían pulverizar una casa con un solo disparo.

Danny hubiera querido contarle a su profesora en Nueva York sobre los barcos. La mayoría de los profesores de la escuela no les prestaban mucha atención ni a Finn ni a él, pero la Sra. Mills era distinta. Cuando hacía mucho frío o calor ellos se ofrecían para limpiar el pizarrón, y ella siempre

accedía. Entonces les brindaba limonada o chocolate caliente. También tenía un mapamundi
enorme en el salón. Los chicos podían señalar el
país que quisieran, que la Sra. Mills les contaría
absolutamente todo sobre él.

Recientemente, la profesora les había hablado
de las guerras que tenían lugar en todo el orbe.
Les señaló Asia, donde Japón peleaba con China;
Europa, donde un lunático llamado Adolfo Hitler
se había hecho con el poder en Alemania y estaba
enviando sus ejércitos a conquistar el mundo.

La Sra. Mills odiaba a Hitler.

—Hay que detener a ese monstruo —decía—.
Ahora marcha por Europa, pero si no lo detene-
mos, muy pronto querrá conquistar América
también. Querrá colgar una bandera alemana en
el Empire State.

Ni a Finn ni a él les agradaba la idea.

Un día escucharon un rumor espantoso: uno de
los muchachos de Earl les dijo que había submarinos alemanes merodeando cerca de Coney Island,

en Brooklyn. ¡Eso fue suficiente! Finn y él se fugaron de la escuela y tomaron el metro rumbo a Brooklyn. Se pasaron el día medio congelados en Coney Island, mirando al mar por si veían submarinos. No tenían idea de cómo lucía un submarino, pero no importaba. Finn había llevado su bate de béisbol. Si un soldado alemán se atrevía a pisar la playa, estaba listo para enfrentársele.

15

Aunque no vieron ningún submarino, el viaje no fue en balde. Cuando la Sra. Mills se enteró de que habían faltado para ir a defender a Estados Unidos, les dio automáticamente a ambos la máxima nota en sus exámenes de ortografía. Finn estaba tan contento que al sonreír se le podía ver el diente de oro que le tuvieron que poner para reemplazar el que perdió cuando intervino en una pelea entre dos de sus hermanitos.

Recordar los buenos tiempos con Finn le provocaba a Danny una sensación extraña; aunque nunca lloraba, pues ya no era un bebé. De pequeño había aprendido un truco en aquellas noches en que se quedaba solo en el apartamento deseando que su mamá regresara y preguntándose por qué su papá los había abandonado. En esos momentos, acumulaba y guardaba todos sus sentimientos en lo más recóndito de su corazón, un rincón que casi podía visualizar como una dura bola de hielo. Sin embargo, esa bola había crecido tanto últimamente que sentía que se había vuelto insensible, aunque esto era mejor que andar llorando por ahí.

Se puso de pie maldiciéndose por estar perdiendo el tiempo y entró a la casa. Tenía que hacer las maletas, escribirle una nota a su mamá y prepararse para el largo viaje de vuelta a Nueva York, donde estaría junto a Finn.

Sin embargo, en ese justo momento sintió una conmoción en el patio. Primero escuchó un estrépito, seguido de un chillido extraño y un grito que le perforó el tímpano.

CAPÍTULO 4

Danny abrió la puerta trasera de par en par. La nueva maceta de flores de su mamá estaba en el piso y su contenido, desperdigado. ¿Acaso alguien necesitaba ayuda o se trataba de un ladrón? El chico agarró una escoba, listo para golpear a quien fuese.

El patio era pequeño, apenas un rectángulo de hierba bordeado de un amasijo de arbustos y palmeras. No vio a nadie, pero vislumbró una cabecita asomándose por detrás de un arbusto. Danny dejó la escoba y se acercó a mirar. Era un niño pequeño, de no más de tres años de edad. ¿Qué rayos hacía allí?

—¡Ayyyyyyy! —gritó el chiquillo.

¿Acaso estaba herido?

—¡Oye! —le dijo Danny.

El niño se dio vuelta. Sonreía como un mono sobre una loma de bananas y aferraba un animalito.

—¡Cachorrito! —dijo.

Danny observó al animal: era pequeñito y negro, salvo por una mancha blanca en la oreja. No quería desilusionar al niño, pero estaba seguro de que no se trataba de un cachorrito. Más bien parecía una rata.

—¡Mi cachorrito! —repitió el niño, abrazando tan fuerte a la pobre criatura que a Danny le pareció que iba a explotar como un globo.

Miró alrededor. El chiquillo era demasiado pequeño para andar solo.

—¿Cómo te llamas? —le preguntó, agachándose para mirarlo a los ojos.

—¡Aki! ¿Y tú?

—Me llamo Danny.

—¿Viste mi cachorrito?

Aki sostuvo a su pobre mascota como si quisiera que Danny la besara. El niño tenía unos ojos enormes, y señaló algo detrás de Danny.

—¡Monstruo! —dijo.

Danny se dio la vuelta. El animal más feo que había visto jamás avanzaba en dirección a ellos. Era negro y del tamaño de un perro enorme, con pelos como alambres, un hocico parecido al de los puercos y dos colmillos retorcidos que le salían de las fauces como espadas.

Definitivamente parecía un monstruo.

El animal gruñó y bufó, y se quedó mirando a Aki con sus ojos negros brillantes. "¡Prepárate a morir!", parecía decirle.

—¡Deja al cachorrito! —dijo Danny, comprendiendo de golpe que el "monstruo" era la madre del animalito y pensaba que Aki quería robarse a su cría.

—¡Mi cachorrito! —gritó el niño.

Danny le arrancó el animal de las manos al chiquillo y lo colocó con cuidado en el piso. El monstruo se acercó de prisa, empujó a la cría con el hocico y soltó un fuerte chillido.

—Bien —dijo el chico, agachándose junto a Aki—, vámonos de aquí.

Aki volvió a gritar, esta vez en el oído de Danny.

—¡Mi cachorrito! —aulló, y extendió los brazos.

El monstruo emitió un rugido muy agudo y Aki le respondió con otro chillido. ¡El niño parecía haber enloquecido! Danny intentó apartarlo, pero él se soltó. El animal se abalanzó sobre él, con los colmillos apuntando a su panza.

CAPÍTULO 5

Danny se las agenció para agarrar a Aki y alzarlo justo a tiempo, pero uno de los colmillos del monstruo se le clavó en una de las patas del pantalón, aunque milagrosamente no llegó a lastimarlo. El chico retiró la pierna, sin importarle que se rasgara la tela, y casi cae al piso, pero logró recobrar el equilibrio y mantener cargado al niño, que aún lloraba por su cachorrito.

Con Aki en brazos, atravesó el patio y entró a la casa, cerrando la puerta de golpe tras de sí.

—¡Mi cachorrito! —gritaba Aki—. ¡Es mío! ¡Mi cachorrito!

—No —le dijo Danny, poniéndolo en el piso y bloqueando la puerta—. No es tuyo. Es el bebé del monstruo.

—¿No es de Aki? —preguntó el niño, abriendo desmesuradamente los ojos, que se le llenaron de lágrimas.

—Lo siento, amiguito —dijo Danny—, pero ese cachorrito tiene que estar con su mamá.

—Aki quiere cachorrito —dijo el niño, extendiendo los brazos hacia Danny y ocultando la cabeza entre sus piernas.

El chiquillo era un pilluelo. Danny siempre había querido tener un hermanito, alguien a quien llevar en sus correrías con Finn y que le hiciera compañía mientras su mamá trabajaba.

—¿Dónde está tu mamá? —le preguntó.

—Mamá brava con Aki.

En ese momento, Danny escuchó que alguien llamaba al niño.

—¡Aquí está! —gritó, asomando la cabeza por la ventana.

Un instante después, él y Aki estaban en el portal con la mamá del pequeño. Danny supuso que serían japoneses. Gente de todas partes vivía en este lugar, al igual que en Nueva York. Su mamá le había dicho que muchos de los habitantes de Pearl City eran oriundos de Japón.

—¡Aki! —dijo la mujer—. ¡No puedes seguir escapándote así!

—Lo siento, mami —respondió el niño con una vocecita más dulce que una rosquilla de chocolate.

Se abrazó a una pierna de su madre y levantó la cabeza, con una sonrisa angelical en el rostro. Danny vio como desaparecía el enfado en los ojos de la mujer. El chiquillo era *bueno*.

La mamá del niño miró a Danny y sonrió. Aunque no se parecía en nada a la Sra. Mills, había algo en ella que hizo que el chico recordara a su profesora; el brillo en sus ojos delataba que podía leerle la mente y le gustaba lo que veía.

—Gracias —dijo la mujer—. A mi hijo le gusta andar por ahí. En cuanto le doy la espalda, se me escapa.

—¡Vimos un monstruo! —dijo Aki.

—¿Un monstruo? —preguntó la mujer, arqueando las cejas.

—Parecía un cerdo peludo con cuernos —dijo Danny.

—¿Un jabalí?

—El monstruo lastimó a Danny —dijo Aki, señalando el pantalón raído.

—¡Cielos! —dijo la mujer, sorprendida—. ¿De verdad te lastimó?

—Solo me rasgó el pantalón —dijo el chico, que ya había decidido no contarle que el jabalí había estado a punto de convertir a Aki en su cena.

—Pero es inusual que un jabalí ataque a una persona.

—Aki tenía a una de sus crías —dijo Danny.

—Cachorrito. —Aki sonrió—. ¡Mi cachorrito! Su madre negó con la cabeza.

—Aki encuentra la belleza en todas partes —dijo—, hasta en un jabalí. Pero, Aki, uno de estos días te vas a meter en un problema serio.

—Es un buen chico —dijo Danny, tratando de proteger a su nuevo amigo.

—¡Soy buen chico! —dijo Aki, hinchando el pecho.

Danny y la mujer se miraron y se echaron a reír, y el primero se sorprendió con el sonido de su propia risa; no reía desde la noche de la caída de Finn.

Aki se les quedó mirando, sin saber qué pasaba. Le agarró una mano a Danny y comenzó a halársela con todas sus fuerzas.

—¡Ven! —dijo—. ¡Ven con nosotros!

Danny abrió la boca para negarse, pero Aki seguía gritando y halándole la mano. Para un renacuajo de su tamaño, tenía mucha fuerza.

—Puedes venir con nosotros si quieres —dijo la madre de Aki—. Estoy terminando de preparar el almuerzo y, como puedes ver, mi hijo no acepta un "no" por respuesta.

CAPÍTULO 6

Antes de que Danny comprendiera lo que estaba ocurriendo, Aki lo arrastró hasta su casa, si es que esta podía llamarse así. Era más pequeña que la que su madre y él compartían, y estaba hecha de cemento, con el techo de metal. Sin embargo, tenía cosas agradables: las flores blancas que trepaban por una de las paredes y el huerto bien cuidado al frente. La madre de Aki se había presentado por el camino; se llamaba Sra. Sudo, y le había contado que su esposo era pescador, que había salido en un viaje de tres días y que regresaría a la tarde siguiente.

La Sra. Sudo hizo que Danny se sentara a la mesa, que estaba dispuesta en el frente de la casa. Aki se le subió encima mientras su madre servía el almuerzo. La comida era rara: cuencos de arroz y pescado en una salsa salada. Sin embargo, no sabía mal, y el postre de naranja le resultó especialmente sabroso. Sabía tan dulce como un pirulí.

Después de almorzar, Aki se acomodó mejor en el regazo de Danny, fatigado por las emociones del día.

En ese momento, varios bombarderos en formación volaron sobre ellos. Siempre había aviones militares surcando el cielo de Pearl Harbor. Había varias bases del ejército y aeródromos de la marina alrededor del puerto. Hickam, donde trabajaba la mamá de Danny, no era la única.

—¡B-18! —chilló Aki, dando un brinco.

Un minuto más tarde aparecieron otros tres aviones.

—¡A-20! —dijo el niño, y a continuación gritó—: ¡Danny! ¡B-17! ¡La fortaleza voladora! ¡El B-17 es el avión favorito de Aki!

—Mi hijo conoce todos los aviones —informó la Sra. Sudo, poniendo otro plato de naranjas frente al chico—. Aki, ¿por qué no le muestras el libro a tu amigo?

El pequeño se bajó del regazo de Danny de un salto y corrió a la casa, para reaparecer un minuto más tarde llevando un cuaderno ajado en las manos. Sonrió mientras Danny lo abría. El chico pasó las páginas, que estaban llenas de dibujos perfectos de bombarderos y barcos de guerra.

—¿Tú los dibujaste? —preguntó Danny sorprendido.

—¡Mi papá! —respondió Aki.

—Mi esposo los dibujó —explicó la Sra. Sudo—. Cuando está en casa, lleva a Aki a los muelles y se sientan allí durante horas.

—Es muy bueno —dijo Danny.

—Es un artista. —El orgullo se transparentaba

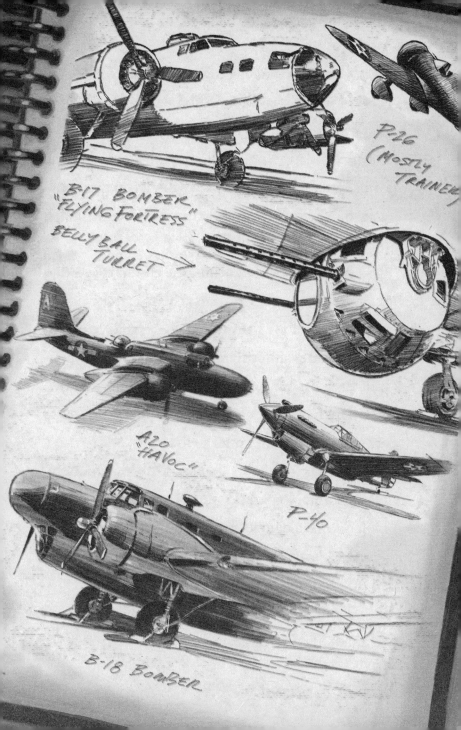

P-26
(MOSTLY
TRAINER)

B17 BOMBER,
"FLYING FORTRESS"

BELLY BALL
TURRET →

A20
"HAVOC"

P-40

B-18 BOMBER

en la voz de la mujer—. Pescar es solo su trabajo.

—Me gustaría saber dibujar —dijo Danny suspirando.

En realidad, él sabía dibujar un poco. La Sra. Mills le había conseguido un cuaderno de dibujo y le había dicho que practicara, pero no había progresado mucho.

—A mi esposo le encantaría enseñarte —dijo la Sra. Sudo—. ¿Tu papá está en el ejército?

—No —dijo Danny—. Vivo solo con mi mamá, que es enfermera en Hickam. Nos mudamos hace un par de semanas desde Nueva York.

—Tu mamá es muy valiente por venir hasta acá a comenzar una nueva vida.

Danny no lo había pensado de esa manera. No obstante, le pareció que la mujer tenía razón. Dejar atrás la ciudad donde uno había vivido toda su vida y atravesar medio mundo para instalarse en un lugar desconocido requería valor.

—Tiene suerte de tener un hijo como tú —añadió la Sra. Sudo.

"Un hijo como tú". Las palabras hicieron eco en los oídos de Danny por un instante, y luego lo golpearon como una bofetada en el rostro. Al chico le brotaron las lágrimas sin saber por qué. De algún modo, compartir con Aki y su madre había hecho que parte del hielo de su corazón se derritiese.

Tenía que salir de allí ahora mismo. Se puso de pie de un brinco y dejó a Aki en el piso.

—Gracias por el almuerzo —dijo, recogiendo el cuaderno y dándoselo al niño—, pero... este... me tengo que ir.

—¡Danny! —gritó Aki—. ¡Quédate!

—Puedes quedarte con nosotros toda la tarde hasta que tu mamá regrese del trabajo —dijo la Sra. Sudo.

—Lo siento —dijo Danny—. Lo siento, pero... me tengo que ir.

Y corrió a su casa sin siquiera despedirse.

CAPÍTULO 7

LA MAÑANA SIGUIENTE
7 DE DICIEMBRE DE 1941
8:05 A.M.

Danny estaba acostado en la cama, escuchando a los pajaritos que cantaban a través de la ventana. El *Carmella* zarparía en dos horas. El chico había empacado una bolsa pequeña y le había escrito una nota a su mamá.

Colarse en el *Carmella* sería fácil. Uno de los muchachos de Earl lo había hecho en una ocasión: se había colado en un barco que viajaba a Cuba en busca de su antigua novia. Había que ser inteligente: vestirse bien, lavarse y fingir que se iba a visitar a algún pasajero. Cuando sonara la campana señalando el fin de la visita, había que encontrar un buen escondite, como una despensa o un bote salvavidas, y ocultarse sin ser visto; cualquier lugar podía servir siempre y cuando uno pudiera mantenerse oculto al menos por un día, hasta que el barco estuviera en altamar.

Luego, si lo atrapaban a uno, la tripulación no podía hacer nada. No lo iban a lanzar por la borda. Ya tenía preparada una buena historia en caso de que eso sucediera. Diría que era un pobre huérfano que intentaba llegar a Nueva York para estar con su primo. Tal vez incluso mencionaría a Earl Gasky; su nombre también era conocido fuera de Nueva York. Danny había oído decir que tenía amigos hasta en las filas del FBI. Earl conseguía que la gente hiciera cualquier cosa por él, inclusive permitir que un chico viajara gratis por el Pacífico.

El viaje se complicaría un poco cuando el barco atracara en San Francisco, pues tendría que escabullirse antes de que llegara la policía. También tendría que llegar a la estación de los trenes de carga, y sabía que montarse en uno de los vagones no sería tan fácil. Había oído hablar de los guardias que cuidaban los trenes para que nadie se colara en ellos. Golpeaban a los intrusos y los llevaban arrastrados hasta la estación de policía.

Sin embargo, nada de esto lo detendría. Entonces, ¿qué hacía aún en la cama? Debía haber salido hacia el puerto de Honolulu en cuanto su mamá se fue al trabajo, a las 7:00, pero no lograba ponerse en marcha. Toda la noche había estado escuchando la voz de la Sra. Sudo en su cabeza: "Tu mamá tiene suerte de tener un hijo como tú".

Un hijo como él. ¿Y qué clase de hijo era él? ¿Uno que no le daba la espalda a su mejor amigo, pero que podía abandonar a su mamá?

Durante muchos días había estado pensando en hacer lo que creía correcto con tal de ayudar a Finn. Sin embargo, ahora no podía dejar de pensar en su madre. ¿Qué haría cuando descubriera que se había marchado? Ni siquiera podía imaginar cómo se pondría. Se había pasado toda la noche dando vueltas en la cama, sintiendo que se dividía en dos.

Estaba echado allí, con las ideas dándole vueltas en la cabeza, cuando escuchó una voz conocida.

—¡Danny! ¡Danny!

Aki estaba otra vez en el patio. ¡Ahora sí que sus planes se habían complicado!

Se paró de la cama, se vistió de prisa y fue hasta la puerta. El niñito andaba solo.

—Aki, ¿qué haces aquí?

Al contrario del día anterior, el pequeño lucía muy serio.

—Aviones —dijo asustado, señalando al cielo.

CAPÍTULO 8

—Vamos —dijo Danny, cargando a Aki—. Te llevaré a tu casa. Tu mamá debe estar muy preocupada.

—Aviones —repitió el niño, mirando al cielo.

—Aki, tienes que irte a tu casa. Vamos, tienes que...

Aki le tapó la boca a Danny con una manito.

—¡Shhh! —dijo—. Aviones.

Danny prácticamente se arrancó la mano pegajosa de la cara, pero entonces escuchó un sonido que nunca antes había oído; un zumbido como si se acercara un enjambre gigante de abejas. Miró en la dirección que apuntaba el dedo del niño, y vio en la distancia algo que semejaba una enorme bandada de aves grises que se acercaba a Pearl Harbor. Cuando los puntitos en el cielo se hicieron más grandes, se dio cuenta de que Aki tenía razón: eran aviones, más de los que había visto en toda su vida. Y había otros más que se acercaban desde otra latitud.

Pensó que debía ser un simulacro; la marina y el ejército siempre hacían este tipo de ejercicios. También la semana anterior habían hecho un simulacro en Hickam, en el que cincuenta marinos fingieron estar heridos. Su mamá había llegado a casa exhausta y cubierta de sangre de mentirita.

Fuera lo que fuera, no tenía tiempo para quedarse a mirar si quería alcanzar al *Carmella*. Ya había perdido demasiado tiempo tirado en la cama, decidiéndose.

—Vamos —dijo, tomando al niño de la mano.

Si se apuraban, podría llevar a Aki a su casa y
tomar un aventón hasta Honolulu. Así llegaría a
tiempo al puerto antes de que zarpara el barco.

Casi habían llegado a casa de Aki cuando la
tierra se estremeció por una explosión, seguida de
otra. Danny se detuvo.

—¡Fuego! —gritó Aki.

De uno de los acorazados anclados en el puerto salían llamas. ¿Qué tipo de simulacro era este? ¿Acaso algún avión se había estrellado o había dejado caer una bomba por error?

El chico se quedó inmóvil, y Aki se abrazó a su cuello. Danny podía sentir el corazoncito del niño latiendo contra su cuerpo, como si fueran pisadas diminutas a la carrera. Contemplaron la escena del puerto: los aviones volaban tan bajo que parecían rozar las torres de mando de los barcos más grandes.

¡Pumba!

Hubo otra explosión y comenzaron a aullar las sirenas.

Bum... Bum... BUM... ¡BUM!

El humo negro oscureció el cielo.

—Mis barcos —susurró Aki.

Un sentimiento de terror, sombrío y turbulento, se apoderó de Danny, como aquella noche con Finn cuando escuchó que la escalera de incendios

42

comenzaba a ceder. Entonces se dio cuenta de que algo horrible estaba ocurriendo, algo que parecía salido de una pesadilla, y sujetó al niño con más fuerza.

—Aki —dijo—, ¿esos son B-17?

El pequeño negó con la cabeza.

—¿Son B-18?

Aki volvió a negar.

—¿A-20?

—No son aviones de Aki.

Entonces cayó en la cuenta: ¡Era Hitler! ¡Alemania los estaba atacando, tal como la Sra. Mills había dicho que sucedería!

Sintieron más explosiones, y el aire se llenó de un olor horripilante.

—Aki —se escuchó una voz.

La Sra. Sudo corría hacia ellos desde la casa.

—¡Gracias al cielo! —dijo llorando, y agarró al niño y lo estrechó en sus brazos.

—Los alemanes nos están atacando —dijo Danny.

La Sra. Sudo se volteó con lágrimas en los ojos.

—No, Danny —dijo—. No son aviones alemanes.

—¿Qué otra cosa pueden ser? —preguntó el chico.

¿Quién más podría estar lo suficientemente loco para bombardear Pearl Harbor?

—Son japoneses —dijo la Sra. Sudo.

¿Japoneses? ¿Qué le había hecho Estados Unidos a Japón? ¿Por qué querrían destruir nuestros barcos? No hubo respuestas; tan solo más explosiones y más del mismo humo negro y rojo de antes.

Aki lloraba.

—Vamos —dijo la Sra. Sudo, tomando a Danny de la mano—. Sé de un lugar al que podemos ir, en caso de que...

Danny se dio cuenta de lo que la mujer iba a decir: "en caso de que los aviones comenzaran a bombardear las casas también".

Corrieron hasta el patio de la casita de los Sudo,

y Danny ayudó a la mujer a abrir una portezuela de madera que daba a un sótano diminuto, no más que un agujero en la tierra. La Sra. Sudo bajó por la estrecha escalerita, y el chico le alcanzó a Aki.

—Ven, Danny —dijo la Sra. Sudo.

Pero él no podía apartar la vista del humo y las llamas. En medio de todo aquello estaba Hickam, y en algún lugar de Hickam estaba su mamá.

—Tengo que encontrar a mi mamá —dijo.

—¡No! ¡Tú mamá querría que estuvieras aquí! ¡Quédate, por favor! ¡Estoy segura de que querría que estuvieras a salvo!

El chico sabía que eso era cierto, pero echó a correr de todas maneras, colina abajo, hacia el incendio, hacia su mamá.

CAPÍTULO 9

Al pasar junto a su casa, Danny apenas reconoció el vecindario. Los autos pasaban a toda velocidad y la gente corría dando gritos por las calles. Vio un camión con un hombre asomado por una ventanilla.

—¡A todo el personal militar! —gritaba el hombre por un altavoz—. ¡Repórtense a sus puestos! ¡Esto no es un simulacro! ¡Estamos siendo atacados! ¡Estados Unidos está siendo atacado por Japón!

Hombres uniformados salían de prisa de sus casas, abotonándose la camisa y despidiéndose a voces de sus esposas e hijos.

—¡Lleva a los niños al cañaveral! —gritó uno—. ¡Escóndanse! ¡Los encontraré cuando todo acabe!

Algunas de las mujeres permanecían de pie en el portal, llorando.

Danny cruzó la calle en dirección a la playa. Por entre la cortina de humo que cubría el puerto podía ver como los aviones acribillaban los acorazados; volaban bajo abriendo fuego con sus ametralladoras, para luego dar la vuelta y atacar de nuevo. El ruido de las explosiones y los disparos retumbaba en los oídos del chico.

Bum. Bum. Bum. ¡BUM!

Ratatatatá.

¡Fiuuu PUM!

¿Dónde estaría su mamá? ¿Estaría a salvo en el hospital o acaso los japoneses también intentaban volar el lugar? ¿Cómo podría llegar hasta ella? Se le llenaron los ojos de lágrimas.

De repente, algo salió atravesando el humo: uno de los aviones se había separado del resto y volaba en dirección a él. Danny esperaba que diera la vuelta y regresara al puerto, pero no fue así. Se dirigía a la playa, justo hacia el lugar donde se encontraba.

Se quedó petrificado. Vio como el avión se le acercaba cada vez más, hasta que divisó al piloto. El hombre parecía muy joven. Llevaba una bufanda blanca y usaba gafas de aviador. El avión tenía un redondel rojo a cada costado. El chico recordó las imágenes de las banderas de todos los países que había en su salón de clases. La de Japón era blanca con un gran redondel rojo en el centro. Según la Sra. Mills, el redondel representaba al sol. Sin embargo, a él le parecía más bien una gran bola de fuego.

Escuchó un rugido ensordecedor.

Ratatatatá.

Ratatatatá.

La arena volaba por todas partes. ¡Fuego de ametralladora! ¿Por qué le disparaban?

Corrió por la arena, pero no tenía dónde esconderse. El rugido del avión se escuchaba cada vez más alto.

Ratatatatá.

Ratatatatá.

Entonces sintió una explosión a su espalda, tan grande que la tierra bajo sus pies pareció elevarse, y cayó de bruces sobre la arena.

No pudo ver nada más.

CAPÍTULO 10

8:45 A.M.

Danny no estaba muerto. Sentía que la cabeza le daba vueltas y le dolía como si se le hubiera partido en dos; le palpitaban las manos y las rodillas; tenía la boca llena de arena y sangre, pues se había mordido la lengua; y los oídos le pitaban. Fuera de esto, estaba entero, sin un rasguño.

No tenía idea de cuánto tiempo había pasado

desde que apareció el avión, pero este ya no estaba. El ataque había terminado.

Su mente se aclaró y logró incorporarse. En el puerto, uno de los barcos estaba envuelto en llamas. Había habido una enorme explosión: uno de los acorazados había reventado; eso fue lo que lo lanzó al suelo.

Finalmente, logró ponerse de pie y salió de la playa dando tumbos en dirección a la calle. Vio un auto estacionado al borde de la arena, lleno de agujeros de bala y con la parte delantera parcialmente cubierta por un arbusto espinoso. Las ventanillas de la parte trasera se habían hecho añicos. No vio a nadie dentro; probablemente el conductor había huido, y se preguntó si le importaría que tomara el auto prestado. Earl no solamente los había enseñado a Finn y a él a conducir; también les había enseñado a arrancar un auto sin la llave.

Sin embargo, al acercarse vio el rostro de un hombre asomarse por la ventanilla del conductor.

—Oye —dijo el hombre—, ¿estás bien?

Danny no podía creer lo que veían sus ojos. Era el teniente Mack, el amigo de su mamá.

—¡Danny! —exclamó Mack—. ¿Eres tú? ¿Estás bien? ¿Estás herido?

—Estoy bien.

—¿Dónde está tu mamá?

—En el hospital —respondió Danny con voz temblorosa—. En la base. Creo que la bombardearon. Tengo que llegar allí.

En ese momento, Mack no parecía un hombre elegante de Sutton Place que estuviera tratando de impresionar a su mamá; su expresión era valiente y decidida.

—Vamos —dijo—. Justamente iba en esa dirección. Ven conmigo, la encontraremos.

El chico se montó en el auto y notó salpicaduras de sangre en el interior. Mack estaba herido en un brazo y sangraba mucho.

—Estás herido —dijo.

El hombre se miró el brazo.

—Es solo un rasguño. He estado peor.

Arrancó el auto y emprendieron el camino.

—Los japoneses nos tomaron por sorpresa —dijo Mack.

—¿Por qué lo hicieron? —preguntó Danny.

—Para inhabilitar nuestros barcos y bombarderos, para inutilizar toda la flota del Pacífico. De ese modo podrán ocupar el territorio que quieran en el área: China, Filipinas, Corea. Japón es un país pequeño, pero con grandes ambiciones. Quiere más territorio, por eso invade otros países, al igual que Hitler en Europa. Ahora no podremos detenerlos.

—¿Cómo nos tomaron desprevenidos? ¿No deberíamos haber estado preparados para el ataque?

—Algunos lo advirtieron, pero nadie pensó que lo harían realmente —dijo Mack, y miró a Danny—. Aunque te diré una cosa: los japoneses cometieron un error. Un grave error. No tienen ni idea de lo que han provocado. Este país los va a aplastar, ya lo verás.

—¿Y Hitler? —preguntó Danny.

—A él también.

Mack sonaba muy seguro, y Danny quería creerle, pero al recordar el mapamundi del salón de la Sra. Mills, se preguntó cómo se las arreglaría Estados Unidos para pelear dos guerras en polos opuestos del planeta.

Se acercaban a Hickam, y el chico podía ver el humo y las llamas que se elevaban de la base. Mack soltó un improperio en voz baja y detuvo el auto frente al portón, que estaba bloqueado por un auto aún en llamas.

—Vamos —dijo.

Danny se bajó del auto y lo siguió. Bordearon el auto incendiado y se acercaron al portón. El lugar le recordó al chico una fotografía de una ciudad destruida por un tornado que había visto en la revista *Life*. Por todos lados había escombros, vidrios rotos y trozos de madera quemada. Evitó pisar un sombrero aplastado y se preguntó qué habría sido de su dueño.

Algunos de los edificios estaban en ruinas y dos

de ellos aún ardían. Se le hacía difícil respirar, el aire olía a caucho y plástico quemados. A donde quiera que mirase, veía aviones destruidos; algunos partidos en dos.

Junto al portón había dos guardias armados que se cuadraron y saludaron a Mack. Enseguida comenzaron a hablar al mismo tiempo.

—¡Señor, nos dieron duro!

—¡Perdimos cerca de una docena de hombres!

—Tenemos alrededor de cien heridos.

—Destruyeron las barracas y el comedor, y hemos perdido dos hangares.

—Hemos perdido un montón de aviones. Se incendiaron en la misma pista.

Mack escuchó con atención el tropel de datos, y finalmente alzó la mano para que los hombres se callaran.

—¿Logró despegar algún avión? —preguntó.

—No, señor.

—¿Y el hospital? —dijo Mack, leyéndole el pensamiento a Danny.

—El hospital está perfectamente, señor. No le dieron. Ahora están atendiendo a los heridos.

Danny cerró los ojos, aliviado, y entonces escuchó un rugido terrible. Otra oleada de aviones japoneses se acercaba, silbando a través del humo y volando por encima de ellos.

Las bombas comenzaron a llover.

CAPÍTULO 11

Una bomba estalló en la pista y un hombre desapareció envuelto en llamas y humo negro. Danny, Mack y los guardias se echaron a tierra. Mack se acercó al chico y le cubrió la cabeza y los hombros, protegiéndolo con su cuerpo. Esperó a que las explosiones cesaran y entonces se levantó. Agarró a Danny de la mano y lo arrastró consigo.

—¡Tenemos que salir de aquí! —les gritó a los guardias—. ¡Tenemos que ponernos a cubierto! —Se volteó hacia el chico—. ¡Vamos!

Mack no soltaba la mano de Danny mientras corrían.

—¡Mantén la cabeza abajo! —le dijo.

Pero ¿a dónde podrían ir? Por todos los lugares estallaban las bombas.

¡Bum! Estalló un camión.

¡Bum! Tres hombres cayeron a tierra.

Un avión pasó rasante.

Pum, pum, pum, pum, pum. Una lluvia de balas acribilló un auto.

Los soldados se parapetaban tras los arbustos y bajo los vehículos. Algunos tenían pistolas y vanamente las disparaban al aire. Un soldado lanzaba piedras. Danny lo miró incrédulo: ¿de verdad creía que con eso los detendría? Sin embargo, comprendió su frustración.

Mack lo arrastró hasta la parte posterior de lo que quedaba de un hangar. A través de los enormes agujeros en las paredes, Danny podía ver los bombarderos de la fuerza aérea estadounidense hechos pedazos y en llamas. Las bombas

habían hecho cráteres en el pasto tras los hangares. Mack lo empujó hacia uno de ellos y saltó
tras él.

—¡Agáchate! —gritó.

El chico se hizo un ovillo y se pegó a la pared
de tierra. Mack se agachó junto a él, protegiéndolo con su cuerpo. A su alrededor se escuchaban
gritos.

—¡Le dieron!

—¡Cuidado!

—¡Socorro!

—¡Vuelan bajito!

Danny se pegó aún más a la pared del agujero,
y Mack lo abrazó fuerte.

—¡Pronto acabará! —le dijo.

Sin embargo, seguían llegando aviones. El
chico asomó la cabeza y se dio cuenta de que
nunca olvidaría esa visión. Los aviones eran
pequeños y grises y parecían aves asesinas. Un sil-
bido atravesó el aire, y entonces...

¡Pumba!

Tierra, piedras y trozos de metal les llovieron encima. Algo afilado se le clavó a Danny en una pantorrilla. Se agachó, se sacó la esquirla y la lanzó tras él. Cerró los ojos, rezando porque el ataque cesara y, de repente, pensó en Finn. Casi podía imaginar a su amigo allí con él, diciéndole que fuera valiente. La sensación era tan fuerte que lo tranquilizó, y entonces cesaron los estallidos. El ataque había terminado y el rugido de los aviones fue sustituido por el clamor de los hombres.

Danny se dio vuelta, y Mack cayó al suelo con los ojos desorbitados.

—Me dieron —dijo en un tono áspero—. Me parece que es grave.

El chico miró la espalda del hombre y el estómago le dio un vuelco al ver la herida. Nunca había visto tanta sangre. Mack no sobreviviría mucho tiempo si seguía sangrando de ese modo.

Un soldado rubio se asomó al cráter. El cristal

de sus gafas estaba agrietado y tenía un tajo en el rostro.

—¿Todos bien? —preguntó.

—¡Está sangrando mucho, señor! —dijo Danny.

El soldado pidió ayuda, y en breve acudió otro hombre y entre los tres sacaron a Mack del hoyo. El teniente se contrajo de dolor mientras lo halaban y lo acostaban de costado sobre el pasto. El soldado rubio hizo presión sobre la herida con la mano, intentando detener la hemorragia.

—Resista, señor —dijo—. La ayuda viene en camino.

Sin embargo, Danny no veía a nadie.

—¿Queda alguna ambulancia? —preguntó Mack.

—Todas fueron destruidas.

Mack asintió sombrío. Tenía el rostro contraído y se veía muy pálido.

—¿Y aquel auto? —preguntó Danny, señalando un Studebaker rojo estacionado junto al hangar.

—Es del coronel —respondió el soldado.

Danny se levantó y corrió hasta el auto.

—¡Espera! —gritó el soldado.

El chico lo ignoró. El auto se había salvado de las balas y apenas si tenía un rasguño. Danny levantó el capó y observó el motor. Enseguida encontró los dos cables de encendido que Earl le había mostrado.

"Nunca se sabe cuándo necesitarás llegar a algún lugar lo antes posible", le había dicho Earl y, como siempre, había tenido razón. El chico pegó los cables con cuidado y el motor arrancó.

Abrió la portezuela del auto, se sentó al volante y condujo esquivando los agujeros y los montones de vidrio y metal, hasta que llegó donde yacía Mack. El soldado rubio lo miró preocupado, pero el herido le sonrió agradecido.

—Bien hecho —dijo—. No voy a preguntarte dónde aprendiste eso, pero me alegra que lo hayas hecho.

Danny y el soldado ayudaron a Mack a montar al auto.

—¡Adelante! —dijo el soldado rubio—. El hospital queda a media milla en esa dirección, a la derecha.

—Espera —dijo Mack—. Hay otros heridos. No nos iremos hasta que el auto esté lleno.

Cinco minutos después los acompañaban otros dos hombres. Uno de ellos tenía el rostro tan ensangrentado que Danny no podía distinguir sus rasgos, y el otro se sujetaba una pierna como si se le fuera a caer.

El chico condujo tan rápido como pudo hasta el hospital. El camino estaba lleno de cráteres y escombros quemados. En una ocasión tuvo que bajarse del auto y arrastrar un enorme pedazo de avión fuera de la vía, pero finalmente llegaron a su destino.

Detuvo el auto a la entrada del hospital y sonó el claxon para pedir ayuda. Mientras esperaba, se volteó a mirar a Mack. El hombre parpadeaba sin cesar, y él no sabía qué hacer. Entonces se le acercó y le tomó la mano.

—Mack —dijo.

—¿Qué?

Solo una cosa le vino a la mente.

—Cuando te mejores, voy a hacer que mi mamá acepte salir a cenar contigo.

Una sonrisa se dibujó en los labios del hombre.

Dos enfermeros se acercaron al auto con una camilla, seguidos de dos enfermeras. Una de ellas era la mamá de Danny.

CAPÍTULO 12

Las siguientes veinticuatro horas transcurrieron en medio de una bruma de sirenas, sangre y quejidos, pero Danny no tenía tiempo de pensar en nada de eso; estaba demasiado ocupado.

Luego del reencuentro con su mamá, en el que esta lo abrazó tan fuerte que casi le fractura las costillas y él la abrazó aún más fuerte, la mujer lo puso a trabajar en el hospital. Centenas de hombres de la base estaban heridos, y esos eran los afortunados. Varias docenas habían muerto cuando las bombas destruyeron las barracas justo cuando los hombres comenzaban a levantarse. Otras docenas perecieron cuando el comedor se incendió, y otros habían sido abatidos en las pistas, en los hangares o mientras disparaban sus ametralladoras contra los bombarderos.

Había apenas dos doctores y dos enfermeras en Hickam, así que necesitaban toda la ayuda que les pudieran brindar. Danny ayudó a los soldados y a los voluntarios a hacer las camas y a barrer el vidrio del piso. Puso vendas y buscó frazadas para los pacientes recién operados. Y todo esto lo hizo sin perder de vista a su mamá, que iba de cama en cama cambiando vendas y sujetando manos sin chistar. La Sra. Sudo tenía razón, era una mujer valiente.

Un par de veces el chico se las agenció para ir a ver a Mack. Su mamá le había dicho que le habían dado un analgésico fuerte para aliviarle el dolor y que, aunque había perdido mucha sangre, sobreviviría.

Por mala que fuera la situación en Hickam, Danny sabía que en el puerto era aún peor. Durante toda la noche estuvieron llegando los reportes: el acorazado *Arizona* había sido destruido, junto con su tripulación de más de mil hombres; el *Oklahoma* había zozobrado y había más de cien hombres aún atrapados en él; el *California* se estaba hundiendo; los destructores *Shaw* y *Cassin* habían explotado. Había otros barcos muy dañados. Durante la mayor parte del día, Pearl Harbor había sido un mar de fuego. Incluso los hombres que habían logrado escapar del incendio tenían pocas posibilidades de sobrevivir. Cientos de aviones de diferentes bases habían sido destruidos o severamente inhabilitados. Los hospitales de Oahu estaban inundados de heridos, y Danny oyó decir que habían transformado su escuela en un hospital improvisado.

Todos esperaban otro ataque, y se rumoraba una posible invasión japonesa a Hawái. El chico trataba de no pensar en eso, en lo fácil que les resultaría a los japoneses ocupar la isla, con tantos barcos y aviones destruidos.

Las horas pasaron, pero no aparecieron más aviones japoneses. Sin embargo, ahora Estados Unidos estaba en guerra. Danny sabía que pasarían meses o incluso años antes de que el sonido de un avión surcando el cielo no lo hiciera saltar del susto.

No fue sino hasta la mañana siguiente que su mamá y él por fin pudieron sentarse juntos. La mujer se arrellanó en una silla, más cansada de lo que el chico la había visto jamás. Tenía el blanco uniforme lleno de manchas de sangre, pero escuchó con atención mientras su hijo le contaba sobre el momento en que viera los primeros aviones junto a Aki; y ella a su vez le contó de los terroríficos primeros minutos, cuando las bombas comenzaron a caer en Hickam.

—Vamos a recordar este momento por el resto de nuestras vidas —dijo, y suspiró—. Y pensar que te saqué de Nueva York porque quería que estuvieras en un lugar seguro —añadió, negando con la cabeza.

Danny se dio cuenta de que intentaba reprimir las lágrimas.

—Me alegro de estar aquí —dijo sin pensarlo.

Su mamá sonrió ligeramente.

Justo entonces, uno de los doctores se asomó para decirle que la necesitaban para una cirugía.

—Te veo pronto —le dijo la mujer a Danny al atravesar la puerta—. No te vayas, ¿de acuerdo?

Estaba bromeando, y el chico lo sabía porque ¿a dónde iba a ir?

Entonces pensó avergonzado en su plan de fugarse en el *Carmella*. ¿En verdad se habría marchado? Si los aviones no hubieran atacado, ¿estaría en el barco? No sabría decirlo.

Le parecía increíble que apenas hubieran pasado veinticuatro horas desde que vio los primeros aviones. Todo parecía completamente diferente. No solo el puerto, ahora en ruinas, ni

Estados Unidos, que estaba en guerra. Él también había cambiado.

Tal vez el día anterior él era el tipo de hijo que abandonaba a su madre. Nunca lo sabría a ciencia cierta. Sin embargo, sabía una cosa: ya no sería esa clase de hijo.

CAPÍTULO 13

Pasaron dos largos días antes de que Danny y su mamá dejaran Hickam finalmente. Lo primero que hizo el chico al llegar a la casa fue cambiarse de ropa, y a continuación corrió a ver a los Sudo. Aki salió a su encuentro.

Danny le llevaba un regalo: uno de los

aviadores le había dado sus alas de insignia, y el chico se las prendió a Aki en la camisa.

—¡Mami! —chilló el niño—. ¡Mira!

La Sra. Sudo se apartó del tendedero, le sonrió a Danny y lo abrazó. El chico notó que la mujer tenía los ojos hinchados de llorar, y un inmenso temor se apoderó de él. No había señales del Sr. Sudo por ninguna parte.

La mujer le dijo que se sentara en la misma mesita donde habían almorzado unos días atrás, y envió a Aki adentro a buscar sus trenes de juguete. Entonces le contó a Danny lo sucedido. De algún modo, el Sr. Sudo había logrado llegar a la casa la noche después del ataque, pero al día siguiente recibieron una visita de la policía. Estaban registrando las casas de todos los japoneses en Hawái.

—Están buscando espías —dijo la Sra. Sudo, y bajó la mirada.

—¿Espías? —preguntó Danny.

—Dijeron que los japoneses lugareños habían ayudado en el ataque. Pidieron permiso para registrar la casa, a lo que accedimos, por supuesto, porque no tenemos nada que ocultar.

La Sra. Sudo apretó los labios y respiró hondo.

—Sin embargo, encontraron algo, algo que según ellos probaba que el papá de Aki estaba ayudando a los japoneses: el cuaderno con los dibujos de barcos y aviones. Se lo llevaron y metieron a mi esposo en la cárcel.

Danny intentó comprender lo que la Sra. Sudo le acababa de decir.

—¿Y qué hay de malo con los dibujos de barcos y aviones? —preguntó.

—Dijeron que les había dado a los japoneses la información de los barcos que había en el puerto y de qué aviones teníamos, y que los había ayudado a planear el ataque.

—Pero, ¿les dijeron que eso no era cierto?

—Claro que lo hicimos, Danny. Mi esposo ha vivido en Hawái toda su vida. Él adora Estados Unidos, y el ataque lo enfureció. La noche en que regresó dijo que quería unirse a la marina... la marina de Estados Unidos... para combatir a la gente que le había hecho esto a nuestro hermoso Hawái.

—¿Le dijeron eso a la policía?

—Por supuesto, pero no nos escucharon. He oído decir que han arrestado a otros japoneses. Hay un rumor de que van a meter a todos los japoneses de Estados Unidos en la cárcel.

Danny no podía creerlo. La Sra. Mills siempre decía que Estados Unidos era el país de la libertad.

En ese momento, Aki se acercó corriendo con el tren de juguete en la mano.

—¡Juega, Danny! —dijo.

La Sra. Sudo le dio unas palmaditas en la mano al chico y se levantó para continuar lavando. Probablemente lo mejor que podría hacer por ella era mantener ocupado a Aki, así que se lo llevó a su casa y se pasó la tarde jugando con él.

Ni por un momento pudo olvidar al Sr. Sudo. ¿Cómo lo podría ayudar? No se le ocurría nada. Sin embargo, más tarde en la noche, acostado en la cama, se dio cuenta de que conocía a alguien que tal vez podría hacer algo.

A la mañana siguiente fue al correo y le envió un telegrama a Earl Gasky. No tenía manera de saber si Earl tuvo algo que ver con la liberación del Sr. Sudo una semana más tarde, pero supo que el hombre había regresado al escuchar el chillido de Aki que retumbó en el vecindario.

—¡Papá!

Una hora más tarde, el niño arrastró a su padre hasta la casa de Danny. Por supuesto que el chico no le mencionó que le había pedido a un gánster que lo ayudara a liberarlo de la cárcel. Ni siquiera sabía a ciencia cierta si el telegrama había llegado, y de haberlo hecho, si Earl se habría tomado el trabajo de hacer algo. Sin embargo, en ese momento Danny no tenía muchas cosas que le devolvieran la fe, así que decidió creer en Earl.

CAPÍTULO 14

25 DE DICIEMBRE DE 1941
7:30 A.M.

La mañana de Navidad, a Danny lo despertó un ruido extraño. Se incorporó en la cama, preguntándose si acaso debía despertar a su mamá y si tendrían que correr al refugio calle abajo. Había habido simulacros durante la semana, y todos sabían a dónde tenían que ir si los japoneses atacaban.

Se asomó a la ventana a través de las cortinas opacas. Cada casa tenía que tener estas cortinas, de modo que todo estuviera bien oscuro por la noche y los japoneses no pudieran ver ningún objetivo desde el aire. Danny detestaba estar en una casa totalmente sellada; le parecía que había sido enterrado vivo en un ataúd, y esto le daba mucho miedo.

Había muchas cosas que ahora le daban miedo. Con todo lo que estaba ocurriendo en el mundo, había que estar loco para no sentir miedo. Estados Unidos estaba en guerra con Japón y con Alemania. Cada día llegaban más tropas a Pearl Harbor, de camino a combatir a los japoneses en el Pacífico. Hasta Mack, que se había recuperado bastante, comenzaría a salir en misiones de bombardeo en su B-17. Danny sabía que a Mack lo entristecía partir, pues su mamá y él eran buenos amigos ahora. Por su parte, él no había tenido que hacer nada para que su madre aceptara salir a cenar con el teniente: ella misma se lo propuso.

Danny sentía miedo cada vez que su mamá se iba a trabajar en Hickam. Sentía miedo de que volvieran a arrestar al Sr. Sudo o de que algo malo le sucediera a Aki. Sin embargo, pensaba que tener miedo era mejor que no sentir nada. Si no sentías nada, no podías sentir la felicidad, y algunas veces se sorprendía a sí mismo sonriendo, como la noche en que Mack había ido a cenar con ellos, o cuando el Sr. Sudo lo enseñaba a dibujar, o cuando Aki corría hacia él con su sonrisa alocada, ignorante de las cosas terribles que estaban sucediendo.

Además, estaba Finn. Su amigo se había recuperado. Se enteró porque a su mamá le permitieron llamar por teléfono a la Sra. Mills desde el hospital, para que en su antiguo barrio todos supieran que ellos estaban bien. La Sra. Mills le dijo que Earl y sus muchachos se habían alistado en el ejército, pero la noticia más importante era que Finn había salido del hospital y se estaba quedando con ella.

Danny se alegró mucho al oír eso. Le estaba escribiendo una larga carta a Finn, contándole lo ocurrido durante el ataque. Su mamá le había dicho que las cartas provenientes de Hawái eran censuradas —los militares las leían y tachaban cualquier información que pudiera ayudar al enemigo—, pero a él no le importaba. Hasta le pidió al Sr. Sudo que hiciera un dibujo de Aki para enviárselo a su amigo, y el hombre le dijo que en lugar de eso lo ayudaría a que él mismo lo hiciera. Ya estaba casi terminado, y aunque no le había salido muy bien, tampoco era terrible.

Recostó la cabeza en la almohada. Al menos los pájaros matutinos habían regresado; le gustaba escucharlos cantar. Entonces escuchó de nuevo el ruido extraño que lo había despertado. Parecía el llanto de un bebé. ¿Estaría Aki allí afuera? El niño no andaba solo por ahí desde que su padre regresara, pero quería asegurarse. Se vistió y salió al patio, y siguió el ruido hasta un arbusto espinoso.

No se trataba de Aki. Tras el arbusto, temblando como una hoja, estaba la cría de jabalí de la oreja blanca. Danny miró a su alrededor, pero no vio a la madre por ninguna parte.

Cargó al animalito. Había cambiado mucho, como todas las demás cosas, en las últimas tres semanas. Lo abrazó y lo miró a los ojos. Parecía asustado, pero fiero al mismo tiempo, y también alegre de que alguien lo cuidara. El chico no estaba seguro de que se pudiera tener un jabalí de mascota y, de hecho, estaba convencido de que era una mala idea.

Sin embargo, decidió no pensar en eso ni en ninguna otra cosa mientras subía la colina en dirección a la casa de los Sudo con la cría de jabalí en brazos. Solo pensaba en la sonrisa de Aki cuando viera su regalo de Navidad.

PEARL HARBOR:
UN DESASTRE PROVOCADO
POR EL HOMBRE

Al igual que el resto de los libros de esta serie, esta es una obra de ficción histórica. Los lugares y los hechos históricos son reales, pero los personajes son producto de mi imaginación.

Sin embargo, los trágicos sucesos de este libro no fueron provocados por un iceberg, una tormenta o un tiburón hambriento. El ataque a Pearl Harbor fue llevado a cabo por hombres que planearon durante meses la manera de causar la mayor destrucción posible. ¿Por qué hicieron esto los líderes del gobierno japonés? ¿Qué sucedió en los meses y años posteriores al ataque? Estas son preguntas complejas, y no pude responderlas todas en mi historia. Por tanto, a continuación les dejo más información y sugerencias de cómo los lectores pueden buscar más datos por su cuenta.

¿Por qué atacaron Pearl Harbor los japoneses?

Hoy día, Japón es uno de los países con más estrechos lazos de amistad con Estados Unidos, pero en la década de 1930 las relaciones entre ambas naciones eran tensas. Japón es un país pequeño que cuenta con muy pocos recursos naturales, y en aquella época sus líderes querían tener más poder y riquezas. Para lograr esto, comenzaron a ocupar territorios de los países vecinos, como China. Su plan era formar un imperio, una colección de países bajo su control absoluto.

El alto mando de las fuerzas armadas japonesas sabía que solo un país tenía el poderío militar suficiente para detenerlos: Estados Unidos. Al bombardear nuestros barcos y aviones en Pearl Harbor, eliminaban esta amenaza en cuestión de horas.

¿Cómo respondió Estados Unidos a los ataques?

La primera reacción de Estados Unidos fue de estupor absoluto. Pocos creían que Japón se atreviera en verdad a atacar el país. Los expertos subestimaron la destreza de los militares japoneses y la sofisticación de sus aviones. En los primeros minutos del ataque, muchas personas, incluidos oficiales de alto rango de Pearl Harbor, se negaron a creer que se tratara de un bombardeo de los japoneses. El estupor se tornó muy pronto en horror, miedo y pesar; pero enseguida los estadounidenses se unieron, valientemente decididos. Al día siguiente, Franklin D. Roosevelt compareció ante el Congreso y dio un discurso que aún se considera entre los más famosos de la historia de Estados Unidos. Dijo que la fecha del

7 de diciembre de 1941 viviría en la infamia, con lo cual quiso decir que siempre sería recordada como el día en que se cometió un hecho deleznable. Treinta minutos más tarde, el país le declaró la guerra a Japón, y millones de estadounidenses se apresuraron a alistarse en el ejército.

Japón no era nuestro único enemigo: también estaba Alemania. Ambos países habían hecho una alianza secreta. Estados Unidos se unió a Inglaterra y a Francia, que habían estado peleando contra Alemania desde 1939. Esta alianza, que más tarde incluyó a Rusia, obtuvo el nombre de los "Aliados", mientras que Japón se había sumado a Alemania y a Italia en lo que se dio a llamar las "Potencias del Eje".

La lucha entre ambas facciones fue lo que ahora conocemos como Segunda Guerra Mundial. Entre 1939 y 1945, la guerra arrasó con toda Europa y con muchas islas pequeñas del Pacífico, y se convirtió en el conflicto bélico más sangriento de la historia, con casi 60 millones de muertos, incluidos más de 400.000 soldados estadounidenses. (En mi imaginación, Mack sobrevive a sus expediciones de bombardeo en el B-17 y regresa a casarse con la mamá de Danny).

Tras varios años de lucha encarnizada, Estados Unidos y los Aliados ganaron la guerra.

¿Qué sucedió con los japoneses que vivían en Estados Unidos tras el bombardeo de Pearl Harbor?

En las horas que siguieron al ataque de Pearl Harbor, Japón se convirtió en nuestro más acérrimo enemigo. Muchas personas creían que los japoneses no solo planeaban invadir Hawái, sino también la Costa Oeste de Estados Unidos. Era un momento escalofriante en el país, y los japoneses que vivían aquí tuvieron que enfrentar desafíos únicos y terribles. Apenas cuatro meses después del ataque, algunos líderes estadounidenses decidieron que los ciudadanos japoneses que residían en ciertas partes de Estados Unidos debían ser obligados a vivir en campos de concentración alejados de las ciudades. Familias completas tuvieron que hacer sus maletas, abandonar sus domicilios y negocios e internarse en estos campos. Aproximadamente unas 100.000 personas de origen japonés, la mayoría de las cuales eran ciudadanos estadounidenses, fueron obligadas a vivir bajo vigilancia en estas instalaciones hasta el fin de la guerra en 1945. Hoy día, el encierro de ciudadanos de origen japonés en estos campos de concentración se considera un hecho deleznable en la historia de Estados Unidos, y el gobierno federal se disculpó oficialmente por ello en 1983.

¿Qué es Pearl Harbor hoy día?

En la actualidad Pearl Harbor sigue siendo una base militar importante, y además es un monumento y un cementerio. Si vas a Pearl Harbor, puedes visitar el monumento al acorazado *Arizona*, donde descansan los restos de muchos de los marinos que fallecieron en la explosión del barco. Es, además, un monumento hermoso que te permitirá conocer más sobre lo que ocurrió ese día.

El monumento fue erigido sobre el acorazado hundido, que yace a doce metros de profundidad en el fondo del puerto. El barco aún destila gotas de petróleo que se elevan a la superficie. Tuve la suerte de visitar el lugar y estas gotas de petróleo me hicieron pensar en las lágrimas que aún se derraman por los caídos en el ataque a Pearl Harbor y en las penurias de la guerra que le sucedió.

DEDICATED
TO THE ETERNAL MEMORY
OF OUR GALLANT SHIPMATES
IN THE USS ARIZONA
WHO GAVE THEIR LIVES IN ACTION
7 DECEMBER 1941

"FROM TODAY ON THE USS ARIZONA
WILL AGAIN FLY OUR COUNTRY'S FLAG
JUST AS PROUDLY AS SHE DID ON THE
MORNING OF 7 DECEMBER 1941.
I AM SURE THE ARIZONA'S CREW WILL
KNOW AND APPRECIATE WHAT WE ARE
DOING" ADMIRAL A.W. RADFORD, USN
7 MARCH 1950

MAY GOD MAKE HIS FACE
TO SHINE UPON THEM
AND GRANT THEM PEACE

CRONOLOGÍA DE
PEARL HARBOR

¿Qué sucedió la mañana del 7 de diciembre de 1941?

3:40 A.M. Un buque de la marina estadounidense llamado el *Condor* patrulla las aguas a solo dos millas de la entrada de Pearl Harbor cuando miembros de la tripulación avistan algo en el agua. Creen que se trata de un pequeño submarino, pero no están seguros. En efecto, se trata de un submarino "enano" japonés, uno de cinco enviados a la vanguardia del ataque. El *Condor* reporta este avistamiento al *Ward*, un destructor que se halla en las cercanías.

6:10 A.M. Aviones japoneses despegan de seis portaviones a 235 millas al norte de Hawái. La primera oleada de aviones incluye 181 cazas, bombarderos y torpederos.

7:02 A.M. En una estación de radar ubicada no lejos de Pearl Harbor, un operador nota una alarmante concentración de luces en la pantalla. Al menos 50 aviones vuelan desde el norte en dirección a Hawái. El operador le muestra la imagen al oficial al mando, un hombre con poca experiencia trabajando con radares que piensa erróneamente que se trata de bombarderos B-17 estadounidenses de regreso a la base provenientes de California.

7:15 A.M. La tripulación del *Ward* finalmente avista el submarino y

dispara "cargas de profundidad" para
hundirlo. La tripulación reporta el
incidente al estado mayor de la
marina en Pearl Harbor, informando de
la existencia del submarino. Cuando
el almirante Husband Kimmel lee el
mensaje, considera que se trata de
una falsa alarma y decide esperar
antes de actuar.

7:49 A.M. La primera oleada de
aviones japoneses se acerca a Pearl
Harbor. Mitsuo Fuchida, el comandante
de la escuadra, mira hacia abajo y
nota que todo está tranquilo, con lo
cual los japoneses han logrado una
sorpresa absoluta.

7:55 A.M. Comienza el ataque con los
bombarderos y torpederos apuntando
primero a los siete acorazados. El *West*

Virginia y el *California* reciben el impacto y se hunden de inmediato, pereciendo más de 200 hombres en ellos. El *Utah* también es impactado y zozobra. El *Oklahoma* recibe el impacto y se vuelca, atrapando a docenas de hombres, de los cuales 32 logran ser rescatados tras un suplicio de 36 horas.

8:10 A.M. Una potente bomba estalla en la cubierta del *Arizona*, incendiando más de un millón de libras de pólvora. La enorme explosión destruye el barco y aniquila instantáneamente a 1.177 marinos.

8:54 A.M. Llega la segunda oleada de 170 bombarderos japoneses. Esta vez encuentran resistencia antiaérea. Las bombas y los torpedos impactan los barcos por todo el puerto, así como los aviones y edificios de los alrededores de los aeródromos.

10:00 A.M. El ataque culmina y los aviones japoneses regresan a los portaviones. Los pilotos celebran. El ataque ha sido un gran éxito, pero no rotundo. Todos salvo tres de los barcos dañados en el ataque pueden ser reparados y enviados de vuelta al mar. Por fortuna, tres de los portaviones estadounidenses de la flota del Pacífico no estaban ese día en el puerto y se salvaron del ataque.

MÁS DATOS SOBRE PEARL HARBOR:

- Número de bajas del personal de las fuerzas armadas estadounidenses: 2.388

- Número de bajas de civiles estadounidenses: 48
- Número de bajas del personal militar japonés: 64
- Número de barcos hundidos o varados: 12
- Número de barcos dañados: 9
- Número de aeronaves estadounidenses destruidas: 164

PARA INVESTIGAR MÁS POR TU CUENTA:

A continuación aparecen algunos libros excelentes para niños que descubrí mientras hacía mi investigación:

Remember Pearl Harbor, por Thomas B. Allen (National Geographic Books)

Sobrevivientes estadounidenses y japoneses cuentan sus anécdotas, con magníficos mapas, gráficos y cronogramas.

Attack on Pearl Harbor: The True Story of the Day America Entered World War II, por Shelley Tanaka, ilustrado por David Craig (Madison Press Books)

La autora describe cómo afectó el ataque a tres personas diferentes: un chico que vive en Hawái, un marino del acorazado *Oklahoma* y un piloto japonés. El libro cuenta con mucha información e imágenes maravillosas.

Pearl Harbor Child, por Dorinda Makanaonalani Nicholson (Woodson House)

La autora era una niña y vivía en Pearl City en el momento del ataque.

The Children of Battleship Row: Pearl Harbor 1940–1941, por Joan Zuber Earl (RDR Books)

El padre de Joan era almirante de la marina y en el momento del ataque su familia vivía en una islita justo en medio de la bahía. Su historia te hace sentir como si hubieras vivido el suceso.

La National Geographic Society tiene una fenomenal página web dedicada a Pearl Harbor, en la cual se incluyen un impresionante "mapa del ataque" y un cronograma que muestra el ataque minuto por minuto:

www.nationalgeographic.com/pearlharbor.

SOBREVIVÍ

EL NAUFRAGIO DEL *TITANIC*, 1912

INSUMERGIBLE. HASTA UNA NOCHE...

George Calder debe ser el niño con más suerte del mundo. Su hermanita Phoebe y él, acompañados de su tía, viajan a bordo del *Titanic*, el barco más grande jamás construido. George no puede resistir la tentación de explorar cada rincón del magnífico barco, aunque esto lo meta en problemas.

Entonces, sucede lo inimaginable. El *Titanic* choca con un iceberg y comienza a hundirse. George está varado, solo y asustado en el barco. Hasta ahora, siempre había podido escapar de los problemas, pero, ¿cómo podrá sobrevivir a este?

SOBREVIVÍ

LOS ATAQUES DE TIBURONES DE 1916

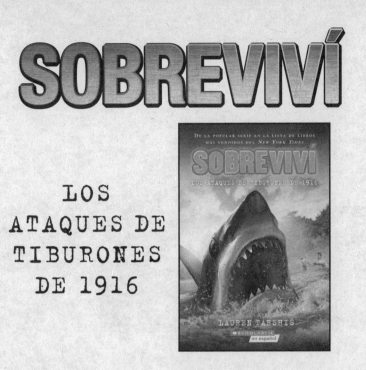

HAY ALGO EN EL AGUA...

Chet Roscow se siente finalmente en casa en Elm Hills, Nueva Jersey. Tiene un trabajo en la cafetería local de su tío Jerry, tres grandes amigos y el destino veraniego perfecto: el refrescante río Matawan.

Pero el verano de Chet se ve interrumpido por noticias escalofriantes. Un gran tiburón blanco ha estado atacando a los bañistas a lo largo de la costa de Jersey, no lejos de Elm Hills. Todos en el pueblo hablan de eso, así que, cuando Chet ve algo en el río, está seguro de que se lo ha imaginado... ¡hasta que se encuentra cara a cara con un sanguinario tiburón!

Foto por David Dreyfuss

Lauren Tarshis es la editora de la revista *Storyworks* y la autora de las novelas *Emma-Jean Lazarus Fell Out of a Tree* y *Emma-Jean Lazarus Fell in Love*, ambas aclamadas por la crítica. Vive en Connecticut y puedes encontrarla en **laurentarshis.com**.